KB101143

당신은 꽃 입니까?

## 작가 소개

강미선

1985년에 태어나 한국방송통신대학교 생활과학부에서 가정복지 상담학을 전공했습니다. 그림책 심리상담사와 교류분석 심리상담사, 사회복지사 자격을 보유하고 있으며, 가정폭력상담원 양성교육과 성폭력상담원 양성교육을 수료를 하였습니다. 상담과 복지에 대한 깊은 이해를 바탕으로, 다양한 자격을 갖춘 전문가입니다.

## 작가의 말

안녕하세요. 강미선입니다.

「당신은 꽃입니까?」를 집필하면서 가장 많이 생각한 것은 '우리 모두가 각기 다른 아름다움을 지닌 꽃 같은 존재'라는 사실이었습니다. 이 책을 통해 우리의 일상 속에서 쉽게 지나칠 수 있는 순간들을 포착하고, 그 안에 담긴 소중한 의미를 되새기고자 했습니다.

「당신은 꽃입니까?」는 단순한 에세이가 아니라, 여러분 각자가 자신의 삶을 더 사랑하고 소중히 여기길 바라는 마음으로 쓴 책입니다. 그리고 독자 여러분에게 위로와 희망을 전하기 위해 쓴 책입니다. 이 책을 읽는 동안, 여러분도 자신 안에 피어나는 꽃을 발견하고, 자신을 아름답게 가꾸어 나가길 바랍니다.

또한, 우리 일상의 소소한 순간들이 얼마나 큰 의미를 지니고 있는지 깨닫는 계기가 되길 바랍니다.

끝으로 이 책을 읽는 모든 분들께 감사의 마음을 전합니다. 여러분의 삶 속에서도 꽃이 피어나는 순간들이 가득하길 진심으로 바랍니다.

강미선 드림

# 목 차

1부

나의 삶

어둠 속에서

나의 삶은 어린 시절부터 힘들었다. 엄마는 지적 장애를 가지고 있었고, 아빠는 너무 일찍 우리 곁을 떠나셨다. 그때부터 나는 어린이 어른이 되어 엄마와 동생을 챙겨야 했다. 아빠가 떠나신 후, 엄마는 우리를 위해 최선을 다하셨지만, 장애를 가지고 있으니, 엄마를 돌보아줄 사람이 없었다. 따라서 나는 엄마와 동생을 위한 빈자리를 채우기 위해 힘들게 고군분투했다. 어린 시절의 나는 외로운 존재였다. 학교에서도 친구가 없었고, 가정에서도 엄마가 자신을 챙겨주지 못한 채 살아가야 했다. 내가 더러운 존재로 여겨져 학교에서 전교 따돌림을 당해서 외로움과 고독 속에서 살아갈 수밖에 없었다. 하지만 그 어려운 상황에서도 나는 포기하지 않았다. 엄마가 우리를 위해 노점에서 일하는 동안, 동생을 돌보아야 했다. 이를 통해 나는 책임감과 헌신을 배우게 되었다.

중학생이 되면서 친구들이 생겼다. 그러나

용돈을 받을 수 없는 가정 환경으로 인해 돈을 벌기 위해 알바를 하고 있었다. 그렇기에 친구들과 놀 시간이 부족했다.

어느 날 나는 왜 또래 친구들처럼 살아갈 수 없을까? 나에게 어려움만 일어나는 것일까를 생각하면서 터벅터벅 길을 걸어갔다. 길을 가던 중 한 아저씨의 차를 타게 되었다.

그는 나를 집으로 데려다주겠다고 했고, 제안을 받아들였다. 하지만 그것은 내 최악의 악몽이 되었다. 그는 어둠 속으로 나를 데려가서 나에게 성폭행을 가하려 했다. 그 순간, 나는 공포와 절망에 휩싸였다. 내가 왜 이런 일을 겪어야 하는지, 왜 내가 이렇게 되어야 하는지 의문이 들었다. 어둠 속에서는 아무것도 보이지 않았고, 완전히 쓰러져 버렸다.

그 어둠 속에서 혼자 깊은 고통을 겪었다. 그 아저씨에게 성폭행당하고 나서도, 그의 협

박에 무력하게 순순히 집 전화번호를 알려주었다. 하지만 그 후에도 그는 계속해서 나를 괴롭히고, 고통을 주었다. 그의 손아귀를 벗어나지 못하고는 있었지만, 내 마음은 점점 더 어둠 속으로 빠져들어 갔다. 나를 깊은 상처로 남기고, 내 삶을 완전히 파괴해 버렸다. 그런 어려운 상황에서도 혼자서 이겨내려 했지만, 너무나도 힘들었다. 그러던 어느 날, 내 몸에 이상한 증상이 나타났다. 배가 아파지고, 소변을 보는 것이 너무나도 고통스러웠다. 그때 도움을 받을 수 있는 유일한 사람인 어린이집 원장 선생님께 이야기했다. 나를 병원으로 데리고 가 주었고, 의사에게 상황을 설명했다. 하지만 그때, 나는 예상치 못한 말들을 듣게 되었다. 원장 선생님은 나에게 쌀쌀맞게 "너는 왜 밤늦게 돌아다니느냐?" 그 말에 나는 어떻게 대답해야 할지 몰랐다. 내가 겪은 고통과 고난을 이해해 주는 사람은 없었다. 원장 선생님께서 경찰에 신고해 주셨다. 하지만 그것은 새로운 고통의 시작이었다. 어떻게 그런 일들이 나에게 일어날 수 있는지, 왜 이런 불운을 겪어야 하는지 이해할 수 없었다. 신고된 내용은 뉴스에 보도되었지만, 나에 대한 왜곡된 보도가 이어졌다. 성폭행을 당한 피해자가 아닌 원조교제를 한 사람으로 몰렸다. 이것은 나에게는 더 큰 상처를 주었다. 내가 피해를 본 것을 반대로 나를 죄인으로 만들어버린 것이다. 나를 더 많은 고통 속으로 밀어 넣었다. 사람들은 나를 죄인으로 여겼고, 나에 대한 비난과 손가락질은 계속되었다. 심지어 가족이나 친척들마저도 나를 외면하기 시작했다.

사람들의 외면과 비난에 대한 시선을 견딜 수 없었다. 나의 중학교 마지막 시절은 괴로움과 절망 속에서 고통받는 삶이었다.

# 나에게 다가온 따뜻한 손길

가족들도 나를 버렸고, 세상 사람들이 나를 외면했던 삶 속에서 따뜻한 손길을 내밀었다. 누구도 신뢰할 수 없었던 나는 처음엔 그 손길을 외면했다.

전도사님 부부께서 나의 엄마, 아빠가 되어 주신다고 하셨다. 일반 사람들과 다르게 느껴졌다. 이제 나의 삶에 행복이 온다는 생각에 설렜다.

나를 사람으로 인정해 주고, 언제나 따뜻한 말로, 잘못된 행동을 했을 때는 아빠, 엄마처럼 엄격하게 야단도 치시고 공부도 가르쳐 주셨다. 두 분을 만난 이후로부터 나의 삶은 변화되기 시작했다. 항상 사람들의 손가락질과 친구 없는 삶을 살았던 나에게 많은 친구들이 생기고, 내가 친구들의 고민을 들어주는 사람이 되었다. 행복한 고등학교 시절을 보냈다.

방탕한 길로 빠질 수 있는 나를 두 분께서

아름다운 길로 인도해 주었다. 중학교 3학년 때 기도했던 것이 떠올랐다. "하나님! 나에게는 아무도 없어요. 내가 믿을 수 있는 사람을 저에게 보내주세요."라고 기도했던 것이 응답이 된 것이다.

나의 상처 난 마음들이 두 분을 통해서 치유되었고, 이 세상에서 진정 나를 믿어주는 사람이 있구나! 그리고 '하나님은 진정 살아 계시구나'을 깨달을 수 있었다. 무너졌던 나의 자존감은 올라가고, 당당한 나로 살아갈 수 있었다.

나에게 다가온 따뜻한 손길은 마음을 감싸고, 위로와 희망을 안겨주었다. 마치 겨울의 추위를 느낄 때 따스한 햇살이 내리는 것과 같았다. 그 손길 하나로 불안한 마음과 걱정이 사라지며, 새로운 용기와 힘이 생겼다. 따뜻한 손길은 세상에서 가장 아름다운 선물 중 하나이다. 그 손길을 나누는 것은 서로 연결되어 있어, 나의 존재를 더욱 의미 있게 만들어 주었다. 꿈이 없었던 나에게 꿈이 생기기 시작했다. 많은 도움을 받았으니, 성인이 되며 나보다 더 가난한 이에게 나의 손을 내밀어 따뜻함을 전달하는 자가 되고 싶다는 꿈을 가지게 되었다. 이후로부터 긍정적인 삶, 행복한 삶을 살아가게 되어 지금의 내가 있는 것이 아닐까 싶다.

행복을 찾는 여정의 길

인생은 종종 우리를 시련과 어려움의 바다로 이끈다. 하지만 그 바닷속에서도 우리는 행복을 발견할 수 있다. 내가 이 세상에서 행복할 수 있는 이유는 나를 이끌어 가시는 하나님이 계시기 때문이다. 내가 사랑하는 네 명의 자녀들과 사랑하는 남편, 그리고 나를 여기까지 올 수 있게 지지해 주신 목사님께서 계셨기에 행복을 누릴 수 있다. 40년의 인생을 살아가면서 수많은 고통과 환난과 고난 속에서 살아갔다.

제일 힘들었던 순간들을 떠올리라고 한다면 중3 때 성폭행당했던 사건도 있지만, 초등학교 6학년 때 조별로 친구들과 함께 과제를 해야 하는 것이 있었다. 왕따인 나는 선생님이 정해주신 조원에 속했다. 하루는 같은 조 친구 집에서 과제를 하다가 대야에 물을 받더니 3명의 친구가 나의 머리카락을 잡고 물속에 얼굴을 들이박았다. 어린 나이에 물고문을당한 것이다. 그다음 날 담임선생님에게 겪었던 상황을 이야기 했는데 그것으로 재판을 해야 한다는 황당한 소리를 하셨다. 장애인이신 엄마한테도 말할 수도 없었고, 나의 편이 되어줄 사람이 아무도 없었다. 약한 자의 편이 되어주어야 할 선생님마저도 나의 말에 귀 기울이지 않으시고 강한 자의 아이들의 말을 들어준다는 것이 어린 나로서는 어처구니가 없었다. 학교를 다니기 싫었지만 그 상황에서 내가 이 아이들에게 지는 것밖에 되지 않는다는 생각이 들어서 졸업할 때까지 학교를 다녔다. 친구가 없어도 괜찮았다. 왜냐하면 '내 옆에 하나님이 계시니까 괜찮아!'라는 긍정적인 생각을 하면서 살아갔다. 어린아이라고 힘든 일을 겪지 않는 것이 아니다. 힘든 일 속에서 내가 어떻게 헤쳐 나가는가 중요하다. 부정적인 생각에서 긍정적인 생각으로 바꾼다며 행복하게 살아갈 수 있다. 친구도 없고 나를 지지해 주는 사람이 없을지라도 이 힘든 삶 속에서 행복한 삶을 살아가기에 필요한 여정의 길임을 느낄 수 있다.

지금 생각해 보며 초등학교 6학년 친구들이 없는 시절 속에서도 나는 행복할 자격이 있는 사람이라고 생각하고 인정하였기에 살아갈 수 있었던 것 같다.

우리는 과거나 미래에 대한 걱정보다, 현재에 집중하고, 이 순간을 즐기는 것이다. 내가 살아가는 삶에 만족하는 것이 진정한 행복이다. 큰 것에만 감사하는 것이 아닌 작은 것에도 감사함을 표현하고 주변의 아름다움을 발견함으로써 행복함을 느낄 수 있다.

삶을 살아갈 때 목표를 가지고 향해 나가면서 그 일에 대한 열정과 노력을 함으로써 내 만족감과 성취감을 얻을 수 있다.

2부

고독함 속에서 홀로 나를 찾기까지

나를 나로 인정하는 사람

우리는 모두 인생을 살아가면서 나의 자아를 찾는 여정을 겪게 된다. 이 여정은 때로는 혼란스럽고 어려울 수 있지만, 그 내면속에서는 깊은 성장과 발전이 숨어 있다. 나 또한 마찬가지다. 친척이나, 나의 가족은 "넌 할 수 없어, 넌 하면 안되!"라는 제제를 많이 하였기에 나는 할 수 없는 사람인지 알았다. 나의 자아를 찾아가는 것은 쉽지 않았다. 나의 자아를 찾는 삶을 살기 위해 나의 내면을 들여다보고 교류분석 심리상담사 공부를 하면서 내가 어떤 사람이고 나의 자아상태가 어떠 한지 알 수 있었다. 교류분석은 미국의 정신과 의사 에릭 번(Eric Berne)이 창안한 것으로 사람들 사이에 벌어지는 교류, 즉 대화를 분석하는 상담 이론이자 기법이다. 그리고 자아상태 검사지를 통해 자아상태를 알 수 있다.

나의 자아를 찾는 것에 대한 여정을 말해 보겠다.

첫번째. 내가 원하는 삶을 찾아가는 과정속에서 나의 내면을 탐구하고 분석하면서 외부와의 경험을 통해 찾아갈 수 있다. 내 안에 무엇이 있고, 내가 원하는 것이 무엇인지 깊이 생각을 해보아야 한다. 이를 통해서 내 감정, 가치관, 욕구 등을 발견하고 이해할 수 있다. 나 자신을 인정하고 받아들이는 과정속에서 내면의 평안과 안정을 찾을 수 있다.

나의 자아상태는 NP주도의 헌신형으로 상대를 공감하고 잘 받아들이며 돌보기를 잘한다. 또한 이성적이고 합리적이라 사실에 근거해 객관적으로 판단을 잘하고 침착하고 차분하다. 명랑하고 활동적이며 사교성도 풍부해 타인과 협조를 잘하는 나로 검사결과가 나왔다. 상대방의 말에 너무 순종적으로 살아가서 내 생각을 표현하지 못할 때가 많은 것 같다. 그리고 상대방에게 너무 잘해주다가 상대가 배신을 하게 되며 나 혼자서 상처를 받고 우울

해 있을 때도 있었는데 지금은 내가 굳이 먼저 잘해주려고 하지 않고 상대를 분석하면서 거리감을 두고 난 이후로 사람을 대하게 되었다.

두번째. 외부의 경험을 통해 나의 자아를 발전시킬 수 있다. 세상과의 소통과 상호작용을 통해 새로운 아이디어와 관점을 얻고, 내가 원하는 삶의 방향을 찾을 수 있다.

나를 지지해주시는 목사님 두 분께서 무슨일 이든 열정적으로 하시는 것을 보면서 나의 삶의 방향을 찾아갈 수 있었다. 나도 타인을 지지해주는 사람으로 살아가고 싶어 방통대를 입학하여 가정복지학 전공을 하고, 사회복지쪽으로 부전공을 해서 자격증을 취득하게되고 상담소에서 근무하면서 심리상담 공부를 했다. 나를 지지해주는 사람이 없더라도 대중매체를 통해서 유명한 소통하는 강사들의 강의를 통해서 긍정에너지와 지지를 얻을 수 있다.

김*경 강사님이 진행하시는 514챌린지를 6개월을 하였다. 그 계기로 1년 동안 새벽5시에 일어나서 김*경 강사님의 강의를 듣고 성경필사를 하고 하루를 시작하게 되었다. 세상은 언제든 우리가 할 수 있도록 열려져 있다. 우리가 그것을 찾지 못할 뿐이다. 여행, 예술, 독서, 취미 생활 등의 활동을 통해 새로운 경험을 쌓고 이를 통해 나 자신을 발견하고 성장할 수 있다.

세번째, 나의 자아를 찾는 여정은 도전과 성장으로 이어진다. 어려움과 실패를 통해 내가 어떤 사람인지를 알아가고, 내가 가진 능력과 자원을 최대한 발휘할 수 있는 방법을 찾아보면서 내면의 힘과 자신감을 발견하여 더 나은 사람이 되어가는 과정을 경험할 수 있다. 우리는 도전하기를 두려워할 때가 많다. 나 또한 처음 시작하는 것을 두려워하기도 하며, 처음 가는 곳에 가게 되면 가슴이 답답하고, 숨이 막히는 것 같았다. 하지만 지금은 극복이 되어서 두려움 없이 헤쳐 나간다. 만들기를 잘 못하는데 내 스스로가 노력하여 석고방향제, 마크라메, 드림캐쳐 등을 배워 자격증을 취득하였다. 아무것도 할 수 없었던 나는 타인을 도와주고 지지해주는 사람이 되어 있다는 것에 감사하다.

마지막으로 자아를 찾는 여정은 긍정적인 마음과 자신의 잘못된 것들에 대한 깨달음으로 인해 새롭게 변화하는 삶이 된다. 하지만 우리가 나 자신을 깨닫는 것은 너무나도 어렵다. 나의 부정적 감정을 찾고, 긍정적인 감정으로 바꾸어 행동함으로써 내가 성취한 것을 느끼며, 나 자신을 완성시키는 과정을 거친다.

교류분석상담공부를 하면서 알게 되었던 것이 지금까지 인생을 살면서 가장 많이 느꼈던 나의 부정적 감정들을 찾을 수 있었다. 나의 부정적 감정은 중학교3학년때의 사건으로 인해 내가 다른 사람들에게 손가락질을 왜 받았는지에 대한 억울함이 남아 있었고, 아버지께서 살아계실 적 항상 "너가 장녀니 내가 없으면 엄마와 동생을 잘 돌보아야 한다"라고 말씀을 하셨다. 엄마는 요양원에 계시고 내가 잘 돌보고 있지만 현재 동생과는 연락을 하지 않는 상태이다. 동생을 잘 돌보지 못하고 있음에 죄책감을 느끼고 있는 나를 발견할 수 있다. 그리고 내 마음속에는 언제나 잘해야 된다는 생각을 가지고 있어 항상 긴장을 하면서 일을 한다. 부정적 감정이 찾아 오거나 할 때는 화를 내기 보다는 청소를 하거나, 아니며 성경을 읽으면서 필사를 한다. 마음이 다스려지면서 차분해지면서 부정적 감정이 사라진다.

한 단계씩 한 단계씩 산을 올라서 정상을 찾아갈 수 있듯이 나의 자아를 찾는 삶은 끝없는 여정이지만, 그 안에는 무한한 가능성과 희망이 있다. 나의 자아를 찾으면서 나 자신을 발견하고 사랑하게 되는 법을 배울 수 있다.

행복은 누군가가 찾아주는 것이 아니라 자
신이 만들어내는 보물이다.

인생의 버킷 리스트 세우기

매년 1월 1일 버킷 리스트를 적어 보고 그것을 실행한지가 어느 덧 6년차가 되었다.

내가 세웠던 계획들을 생각해 보며 전부는 아니지만 80%는 이루었다.

매년 반복되는 버킷 리스트 중 하나가 한달에 한 권 책 읽기를 하여 한해 12권 지금까지 읽었던 책들이 60권 정도가 된다. 우리가 버킷 리스트를 작성할 때 무언가를 대단하게 할 거라고 생각하고 작성할 때가 많다. 내가 실천할 수 있는 작은 거부터 하나씩 해 나가면 큰 목표들을 이룰 수 있다.

버킷 리스트는 상담에 관한 자격증 따기, 가족과의 여행, 글쓰기에 대한 카테고리를 설정하게 되었다.

교류분석 심리상담사 2급 및 1급, 그림책 심리상담사 2급 및 1급, 부부가족전문 상담사 2급의 자격증을 취득하는 것으로 목표를 잡게 되었다.

그림책과 교류분석 심리상담사 2급은 취득하였고, 그림책, 교류분석 1급과 부부가족 전문 상담사는 지금 현재 공부 중이다. 교류분석 상담에 관한 자격증을 준비하게 된 계기는 상담자로서 역할 중 나 자신을 제일 먼저 알아야 하고 나의 내면속에 있는 상처들이 치유가 되어야 내담자의 마음을 공감하고 이해할 수 있기에 나의 상처를 치유하는 작업을 하기 위해서 교류분석 상담 공부를 하였다. 그리고 그림책을 취득하게 된 계기는 자녀들과 소통하기 위함 이였다. 자녀들이 자신의 감정을 인식하고, 이해할 수 있게 하기 위한 마음 이였다.

버킷 리스트 중 가족과 여행이다. 너무 바쁜 삶을 살아가고 있어 가족들에게 신경을 많이 써주지 못했다. 그래서 가족들과 함께 분기마다 타지역으로 1박 2일 코스로 여행이나 캠핑을 가는 것을 버킷 리스트에 넣어 보았다.

아이들과 KTX를 타고 서울에서 호캉스를 누렸다. 아이들이 색다른 경험이라고 너무 좋아했다.

나의 버킷 리스트 중 하나는 글 쓰기이다. 방송통신대학교 생활을 잘 하는 비결에 대해 글을 쓰게 되었다. 학보신문에 실렸던 글이 나의 첫 작품이 되었다. 그것을 계기로 인해 글 쓰는 것에 손질이 있음을 느꼈다. 나의 인생스토리는 타인에 비해 험난한 길들을 걸어왔다. 그럼에도 불구하고 그 험난한 길들을 이겨낸 나를 통해 이 책을 읽는 독자들이 힘을 얻고 용기를 내어 험난한 길들을 잘 헤쳐 나가고 나의 자아를 찾아서 내가 할 수 있는 것들을 이루기를 바라는 마음으로 글을 적게 되었다.

버킷 리스트를 작성하는 방법은 첫 번째 목표 설정하는 것이다. 어떤 것을 이루고 싶은지, 어떤 경험을 해보고 싶은지를 생각해보는 것이다.

두 번째 여러 가지 카테고리를 작성해 보는 것이다. 여행, 자기계발, 가족, 친구, 다양한 경험의 측면들을 포함할 수 있다. 나의 카테고리를 살펴보면 자기계발, 가족들과 여행에 대한 카테고리가 있다.

세 번째는 설정한 목표를 구체화해보는 것이다. 예를 들어 자기계발이라는 카테고리를 설정하였다면 자기계발에 필요한 그림책, 교류분석 심리상담사, 부부가족전문 상담사, 자격증 준비하기, 책 출판하기로 구체화할 수 있다.

네 번째는 목표를 작성했다면 우선순위를 결정을 한다. 어떤 것이 가장 중요하게 이루고 싶은 것이 무엇인지 결정하고 작성한다. 나의 버킷 리스트의 우선 순위는 가족들과 여행을 하는 것이 우선순위이다. 가정이 평안해야 모든 것이 평화롭게 될 수 있다. 그리고 아이들에게 양해를 구한 뒤 나의 계발을 위해 자격증

공부를 할 수 있다.

다섯 번째는 목표를 달성하기 위한 기간을 설정하는 것이다. 나는 항상 1년 단위에 상반기, 하반기로 나누어 목표를 설정하고 계획을 세운다. 상반기에는 그림책 심리상담사 2급과 1급 자격증을 취득과 글을 쓰고 책을 출판하는 것이다. 하반기에는 교류분석 1급과 부부가족전문 상담사 자격증을 취득하는 것이다. 언제까지 이루고 싶은지를 명확하게 설정하여 목표를 달성하기 위한 계획을 세우는데 도움이 된다.

여섯 번째는 각 목표를 이루기 위한 구체적인 계획을 수립해 본다. 필요한 자원이 무엇인지를 고려해본다. 상담자격증에 관한 공부는 어느 협회가 좋은 지, 나에게 맞는 강사가 누구인지를 잘 고려해 보아야 한다. 그리고 글을 쓰고 책을 출판하는 것은 내가 글 쓴 것에 피드백 해줄 사람을 찾아야 하고, 출판사를 찾고

해야 한다. 무작정 목표만 세우는 것이 아니라 구체적인 계획들을 수립하게 되면 내가 설정한 목표들을 실천해 나갈 수 있다.

일곱 번째는 버킷 리스트를 작성한 후에는 주기적으로 진행상황을 모니터링 하고 필요할 때 업데이트를 한다. 새로운 관심사가 생기거나 우선순위가 변경될 수가 있으니 유연하게 대처하는 것도 한가지의 방법이다. 한꺼번에 무언가를 하게 되며 하나라도 제대로 이루지 못할 경우가 많다. 목표를 많이 설정한다고 해서 좋은 것이 아니라 한가지라도 잘 실천하는 것이 중요하다. 이러한 단계를 따라가면서 버킷 리스트를 작성하며 목표를 달성하는데 더욱 효과적이며 마음에 드는 목표를 찾고 달성하기 위한 계획을 세우는 재미있는 여정이 되었으면 한다. 우리가 도전을 하지 않아서 그런 것이지 도전을 하게 되며 새로운 길들이 열릴 수 있다.

새해의 첫날 내가 목표했던 것이 한 해의 마지막날이 되었을 때 이루어졌을 때의 희열감은 정말 묘한 감정이다. 그 경험은 개인마다 다를 수 있지만, 목표들을 이루고 나며 성취감과 자부심을 느낄 수 있다. 그 목표를 달성함으로써 내가 노력했던 순간들을 떠 올리게 되면 나 자신을 칭찬할 수밖에 없다. 버킷 리스트를 통해 이룬 경험은 새롭고 특별하게 느껴진다. 새로운 도전에 부딪혀 극복하고 성공하는 과정에서 나 자신의 잠재력을 발견하게 되는 것이 특별한 경험이다. 그리고 세월이 흘러 추억상자를 꺼내어 볼 때 보물이 될 수 있다. 그 순간을 함께 한 사람들과 공유하며 이야기하는 것만으로도 큰 희열을 느낄 수 있지 않을까 싶다. 더 큰 꿈을 향해 달려가는 것이 보람찬 인생의 여정이다.

# 나의 인생의 우선순위

우리가 인생을 살아 갈 때에 우선순위로 두고 있는 것이 있다. 인생을 살아갈 때에 내가 믿는 하나님을 제일 먼저로 우선순위로 두고 있다. 하나님을 빼먹을 수 없는 이유는 아버지가 돌아가신 이후로 내 곁에는 아무도 없어서 늘 외로운 삶을 살았다. 언제나 나와 동행하시고 계시는 하나님과 대화를 하는 것이 일상이었다. 항상 하나님께 왜 내 곁에는 아무도 없냐고 투정도 부려보고, 누군가에게 기대어 평평 울 수 있는 환경이 아니기 때문에 하나님께 이야기하면서 '하나님! 나 너무 힘들어요!' 하고 크게 울고 나면 힘든 마음이 씻겨 내려 갔다. 하나님은 눈에 보이지 않지만 어린 마음에 어딘가 하나님이 계실 거라는 믿음을 가지고 살았다. 하나님께서 나와 함께 하셨기에 내가 지금 현재 살아 가는 이유이다.

인생의 우선순위는 개인마다 다를 수 있다. 그것은 개인의 가치관이나 목표, 욕구, 그리고 상황에 따라 달라 질 수 있다. 보편적으로 사람들의 인생의 우선순위를 생각해 보며, 가족과 타인과의 유대관계 인 것 같다. 우리는 인생을 혼자 살아가는 것이 아니기에 가족과 타인과의 유대관계가 중요하다.

나는 말을 많이 하고 싶어하는 스타일인데, 말을 안 하는 남편이 너무 답답했다. 그래서 인지 우리는 대화가 성립되지 않았다. 결혼을 하고 13년 차에 내가 가정복지상담학 공부를 하게 되면서 남편이 이야기를 할 수 있게끔 "오늘 뭐했어?"라는 질문을 통해서 확장될 수 있게끔 매일 하루에 10분씩이라도 짧게 대화를 했다. 4년이 지난 지금은 대화를 30분 동안 할 수 있다. 부부사이도 소통을 해야만이 서로의 마음을 알 수 있다.

가족과 타인과의 유대관계를 형성하는 것은 상호적인 이해, 소통, 배려 등의 다양한 요소들이 있다. 상호간의 소통은 유대관계 형성의

핵심이다. 서로의 생각, 감정, 욕구를 이해하고 존중하는 것이다. 진실된 소통을 함으로써 신뢰와 이해를 증진시키는 데 도움이 된다. 다른 사람의 관점과 가치관, 성향 등을 존중하고 이해하는 것이 중요하다. 상대방의 필요를 알아주고 그에 맞게 도와주고 배려하는 것이 유대 관계를 형성하는데 큰 도움이 된다. 상대방의 의견을 존중하고 실수를 용서하는 것이다. 가장 중요한 것은 지속적으로 서로가 노력하고, 이해하고, 존중하는 것이다.

인생순위를 생각하면서 내 인생에서 중요한 세 사람을 생각해 보았다.

나의 인생에서 중요한 세 사람 중 제 1순위인 김혜정, 이수용 목사님은 내 인생에서 참으로 중요하다. 이 두 분은 나를 지금 현재 장미꽃처럼 아름다운 사람으로 만들어 주신 분들이기 때문이다. 제 2순위인 하늘나라에 계시는 우리 아빠는 지금의 나를 존재하게 하는 고

마운 존재이다. 어릴 때 기억으로 항상 우리
딸 잘 할 수 있어. 라는 긍정에너지를 심어 준
아빠를 기억하는 것 같다. 제 3순위인 나의
가족들은 내 인생에서 진정 중요하다. 이혼의
위기도 있었지만 그 위기를 통해서 단단한 가
족이 되어서 지금현재 행복하게 살아가고 있
는 것이다.

자신의 인생에서 가장 중요한 사람을 생각
해보고 글로 표현해 보았으면 좋겠다.

우리가 머리로만 중요한 사람을 생각만 하
는 것보다 글로 표현함으로써 나의 감정과 생
각을 정확하게 전달할 수 있다. 그리고 그 사
람들이 떠나더라도 글은 남아 있다. 훗날 글
쓴 것을 보게 되며 그들의 존재와 나에게 끼친
영향력을 기억할 수 있다. 그들과 함께 보낸
소중한 순간들을 되새겨 가며 우리의 삶을 더
욱 풍요롭게 만들어 갈 수 있다.

# 자신의 인생에서 가장 중요한 사람 찾기


1. (                )은(는) 내 인생에서 참으로
중요하다.

  (                )은(는) 나를 (

                  ) 하도록 합니다.

2. (                )은(는) 지금의 나를 존재
하게 하는 고마운 존재 입니다.

  (                )은(는) 나를 (

                  ) 하기 때문 입니다.

3. (                )은(는) 내 인생에서 진정
중요합니다.

  (                )은(는) 나를 (

                  ) 합니다.

3부


당신은 꽃입니까?

인생은 씨앗으로부터 시작

임신과 출산은 인간의 생명이 시작되는 놀라운 여정이다. 1주~4주에 여성이 배란 후 정자와의 만남으로 인해 아주 작은 씨앗처럼 배아가 자궁벽에 고정되고, 세포 분열이 시작된다. 우리의 인생 또한 이 태아처럼 씨앗으로부터 시작한다. 씨앗이 번성하기 위해서는 올바른 환경, 적절한 양의 물과 햇빛, 그리고 충분한 관심과 사랑이 필요하다. 마찬가지로 우리의 삶도 이러한 조건들이 결합된 상황에서 성장하고 반영할 수 있다.

우리의 결혼 과정 또한 씨앗이 발아되듯 시작했다. 남편은 26살, 내 나이 23살에 결혼을 했다. 결혼을 일찍 하게 된 계기는 시어머니께서 편찮으셨고, 진심으로 사랑해주는 마음이 느껴졌다. 가진 것이 아무것도 없었던 우리는 교회 단칸방에서 2년 동안 신혼을 즐겼다. 작은 단칸방 이였지만 감사할 수밖에 없었다.

2년 후 임신을 하게 되고 출산을 하게 되었
다. 태아가 거꾸로 있어서 제왕절개를 했다.
아기가 태어났는데 양수를 마셔서 아기가 오
늘 밤이 고비라고 했다. 목사님과 우리는 간
절한 마음으로 밤새 기도를 했다. 기적적으로
아기는 호흡이 돌아오고 인큐베이터에서 1주
간 있다가 건강하게 퇴원을 하게 되었다. 씨앗
이 자라서 꽃이 되고 나무가 되기까지 험한 풍
파를 겪는다. 우리의 인생 또한 마찬가지이다.
뜻하지 않게 어려운 시련과 고통의 순간이 온
다. 이런 순간들을 잘 견뎌내며 강해지고 성장
하는데 도움이 된다. 첫째 아이는 험한 풍파를
이겨내고 현재 15살이 되어 육상 선수의 꿈을
안고 열심히 살아가고 있다.

씨앗이 발아가 되어 새싹이 되고 새싹이 꽃
이 되거나, 열매를 맺는 것 같이 우리가 자녀
를 양육함에 있어도 동일하다.

자녀를 양육하는 방법은 자녀를 사랑하고

이해해야 한다. 씨앗이 발아가 되기까지 우리가 물을 주고 사랑과 관심을 주어야만이 새싹이 된다. 부모의 사랑은 자녀에게 가장 큰 선물 중 하나이다. 자녀의 감정을 존중하고 수용하며, 그들의 관심과 욕구를 이해하고 지지해야 한다. 자녀를 키우다 보면 내 뜻대로 되지 않을 때가 많다. 하지만 부모는 자녀를 긍정적으로 늘 지지하고 격려해야 한다. 자녀의 노력과 성과를 인정하고 칭찬함으로써 자녀는 자신감을 가질 수 있게 되고, 내적 동기부여를 제공할 수 있다.

첫째 아이는 육상선수이다. 본인이 열심히 노력해야만이 등수에 들 수 있다. 하지만 그만큼 노력을 했음에도 불구하고 등수에 들지 못할 때도 있다. 이때 부모가 어떤 반응을 하느냐가 중요하다. 잘하지 못하더라도 항상 "괜찮아! 언제든 할 수 있어! 쉬었다가 또 다시 일어서서 가는 거야!"라고 지지를 해준다. 그

러면 아이는 부모의 말에 용기를 얻고 쉬었다
가 다시 일어서서 최선을 다해서 달려간다.

자녀에게 올바른 가치관과 행동양식에 대해
잘 전달해야 한다. 자녀에게 말로만 하는 것
이 아니라 부모가 모범적인 행동을 보여주어
야 자녀에게 큰 영향을 미치게 된다. 옳고 그
름이 무엇인지 잘 가르치게 되며 자녀는 윤리
적이며, 책임감 있는 어른으로 자라나게 된다.

성경말씀에는 윤리적인 부분, 이웃을 어떻
게 대해야 하는지 기록되어 있다. 아이들을 성
경말씀을 통해서 가르친다. 그래서인지 배려
심이 많고, 책임감이 강한 자녀로 성장해 나가
고 있다. 자기 중심적인 삶보다 타인을 배려하
는 사람으로 자라나는 것이 성경속에서 가르
치고 있다.

마지막으로, 자녀와 소통을 중요시해야 한
다. 부모와 자녀 간의 건강한 소통은 자녀의

성장과 발달에 필수적이다. 4명의 자녀들을 키우고 있다. 하지만 아이들은 각자의 성향이 다르다. 그러다 보니 요구하는 것이 달라지고 바쁜 엄마로 인해 많은 대화를 하지 못한다. 그래서 나는 아이들과 소통하기 위해 꼭 한달에 한번씩 한 명씩 데이트를 한다.

그 시간만큼은 한 자녀에게 집중한다. 아이들이 평소에 부모에게 느끼는 감정을 대화를 통해 풀 수 있는 시간을 가짐으로 서로를 이해할 수 있게 된다.

자녀를 잘 양육함으로써 우리는 자녀를 건강하고 행복한 성인으로 성장시킬 수 있다.

씨앗은 우리의 삶의 여정과도 유사하다. 처음에는 어둠 속에서 힘을 모으고 기다리며, 햇빛과 물, 영양소를 받아 성장하고 발전한다. 새로운 씨앗을 남기며, 또 다른 삶의 시작을 위한 준비를 하는 것이다.

나를 변화하는 삶

인생은 끊임없는 변화의 연속이다. 나를 변화시키는 삶의 여정은 내면의 탐구와 성장, 외부의 경험과 도전을 통해 이루어지고 있다. 이러한 과정속에서 나 자신을 발견하고 성장하는 여정은 나에게 소중한 경험이다.

나를 변화시키기 위해 필요한 것은 자신이 무엇을 원하는지 생각 하는 것이 나를 변화시키는 것의 중요한 시작이다.

공부는 하고 싶었지만 형편이 어려워 대학교에 진학하지 못했다. 늦은 나이이지만 한국방송통신대학교 생활과학부 가정복지상담학으로 입학을 하게 되었다. 방송통신대를 다니는 동안 나의 목표가 사회복지사 자격증과 졸업을 목표를 잡고 최선을 다했다. 4년이 흐른 후 졸업을 하고 난 후 사회복지사 자격증을 취득하게 되었다.

끊임없는 노력으로 지금 행복의 길로 달리

고 있다.

그리고 또한 나를 변화하는 삶이란 나를 이해하게 되면 타인을 이해할 수 있다. 나는 어머니와 외할머니에 대한 분노가 굉장히 컸다. 분노가 큰 이유는 성폭행 사건이 나의 탓으로 돌렸기 때문에 왜 그렇게 했는지가 궁금했다. 그런데 지금은 외할머니의 마음을 알 수 있다. 외할아버지께서 외도를 하시고 가끔 집에 들어오시니 혼자서 3명의 딸을 키워야 했다. 딸들을 잘 키워야 한다는 책임감이 강했던 할머니인데 외손녀가 성폭행을 당했다는 것보다 할머니의 얼굴에 먹칠을 했다는 마음이 강했던 것 같다. 그 당시 어른들은 그것을 숨겨야만 되는 줄 알았기에 나에게 혼을 내었던 것이다. 어머니는 지적 장애인이다 보니 아무것도 할 수 없었던 자신을 미워하지 않았나 싶다. 상담공부를 하면서 '나의 어머니가 되어보기'라는 프로그램을 하게 되면서 어머니의 마음을 알 수 있었다. 내가 쓴 나의 어머니가 되어 보기이다.

- 나의 어머니 되어보기 -

나 박**은 3녀 중에 둘째 딸로 태어났다.

나 박**은 지적장애를 가지고 있다.

나 박**은 엄마에게 학대를 당해왔다.

나 박**은 친척들이 반겨 주지를 않는다.

나 박**은 국민학교까지 다녔다.

나 박**은 친구가 없다.

나 박**은 외롭게 살았다.

나 박**은 1982년 남편을 중매로 만났다.

나 박**은 1984년 아들을 낳았다.

나 박**은 아들이 100일 때 죽어서 그 아이를 생각하며 마음이 아프다.

나 박**은 1985년 첫째 딸을 낳고 1988년 둘째 딸을 낳았다.

나 박**은 첫째 딸만 데리고 다니는 남편이

너무 밉다.

나 박**은 남편이 술 먹고 들어올 때가 두렵다.

나 박**은 나와 똑같이 닮은 둘째 딸이 너무 안쓰럽다.

나 박**은 남편이 둘째 딸을 때릴 까봐 무섭다.

나 박**은 남편이 내 나이 37살 때 자살을 해 버려서 너무 마음이 아프다.

나 박**은 장애가 있음에도 불구하고 두 자녀를 힘겹게 키웠다.

나 박**은 첫째 딸이 성폭행을 당했는데 내가 해줄 수 있는 게 없어서 가슴이 아프다.

나 박**은 어릴 때 첫째 딸을 잘 케어 해주지 못한 마음에 외손주들을 돌보아 주었다.

나 박**은 둘째 딸이 나를 떠나고, 찾아오

지 않는 것이 서운하다.

나 박**은 다리 수술과 치매로 인해 걸어
다니지 못해 요양원에 누워 있어 너무 외롭다.

나 박**은 20년만에 동생이 찾아와서 너무
행복하다.

나 박**은 첫째 딸이 나를 버리지 않고 돌
보아 주어서 너무 행복하다.

나의 어머니가 되어보아 글을 적으면서 하염없이 울었다. 엄마에 대한 분노의 감정이 눈이 녹듯이 녹아 들었다. 그러면서 이모와 회복이 되면서 외할머니의 삶에 대한 이야기를 잠깐 듣고 난 후 그 삶을 이해할 수 있었다. 혹시 가족에 대한 원망과 분노가 있다면 누군가가 되어 보아 글을 적어 보며 그 사람의 마음을 이해할 수 있는 시간이 된다.

나를 변화시키는 삶의 여정은 결코 끝나지 않는다. 그러나 이 여정은 나에게 새로운 가능성과 성장의 기회를 제공한다. 변화하는 것이 어렵고 불편할 수 있다. 하지만 그 과정에서

나 자신을 발견하고 발전시키 성취감은 결코 잊을 수 없다.

당신은 꽃입니다.

꽃은 우리 주변의 세상을 더욱 아름답게 만들어 주며, 우리에게 기쁨과 희망을 전해준다. 당신이 꽃이라는 것은 단순히 외부적인 아름다움에 머무르는 것이 아니다. 그보다는 내가 갖고 있는 내면의 아름다움과 향기가 담긴 비유이다.

때로는 우리가 살아가는 삶 속에서 추위와 어둠의 시기가 찾아온다. 꽃과 같이 사계절 동안 그 어려운 시기를 극복하고 그 계절이 돌아오며 다시 피어나는 힘을 지니고 있다.

우리도 또한 어려움을 극복하고 성장하는 과정에서 더욱 강인한 꽃으로 자라난다.

험난한 고통을 극복하는 방법은 그것을 받아들이고 이해하는 것이 중요하다. 그리고 혼자서 고통을 견뎌내려고 하지 말고, 주변의 지지나 도움을 받아야 한다. 험난한 고통을 극복하는 것은 쉽지 않을 수 있다. 하지만 그 과정

속에서 배우고 성장할 수 있는 기회로 삼을 수 있다.

거름더미속에서 아름다운 장미가 피어나는 것처럼 나 또한 힘든 길을 걸어왔다. 내가 겪었던 험난한 시기들을 잘 극복하기 까지는 하나님을 믿는 믿음과, 나를 절제하고 끊임없는 노력과 목사님의 지지로 인해 아름다운 꽃이 되었다.

긍정적인 에너지와 따뜻한 마음을 주변 사람들에게 희망과 힘을 전달해 주는 자가 되었다.

인생은 꽃과 같은 여정을 걸어 가고 있다. 성장과 변화, 아름다움과 고통의 연속이다. 이런 과정들을 겪을 때에 다시 일어서서 꽃을 피울 수 있다.

우리는 꽃과 같이 주변 사람들에게 영감을 주는 존재이다. 우리의 삶은 끝나지만, 행적은 계속되며, 내가 떠난 뒤에도 선한 영향력은 이어진다. 살아가는 모든 순간을 귀하게 여기며, 감사와 사랑으로 채워가는 것이 나의 목표이다. 나 혼자만이 할 수 있는 것이 아니라 이 글을 읽고 있는 여러분도 할 수 있다.

# 당신은 꽃 입니까?

초판 1쇄 발행 2024년 5월 31일

지은이 강미선

펴낸곳 숨나무

ISBN 979-11-986579-0-9

대표메일 vbabyangelv@naver.com

저작권 문의 sky93411@gmail.com

이 책의 판권은 지은이와 펴낸곳에 있습니다.
양측의 서면 동의 없는 무단 전재 및 복제를 금
합니다.